우리는 어제 만난 사이라서

시작시인선 0282 우리는 어제 만난 사이라서

1판 1쇄 펴낸날 2018년 12월 20일
지은이 권현지
펴낸이 이재무
책임편집 박은정
편집디자인 민성돈, 장덕진
펴낸곳 (주)천년의시작
등록번호 제301-2012-033호
등록일자 2006년 1월 10일
주소 (03132) 서울시 종로구 삼일대로32길 36 운현신화타워 502호
전화 02-723-8668
팩스 02-723-8630
홈페이지 www.poempoem.com
이메일 poemsijak@hanmail.net

ⓒ권현지, 2018, printed in Seoul, Korea

ISBN 978-89-6021-409-5 04810
　　　978-89-6021-069-1 04810(세트)

값 9,000원

＊본 시집은 시흥시 문화예술 창작활동 지원금을 받아 발간됨.

우리는 어제 만난 사이라서

권현지

천년의
시작

시인의 말

사라진 아버지를 찾으러 숲으로 갔다

얼어붙은 겨울 강 위로, 낡은 해먹 사이로, 열린 새장 안으로
손을 뻗자 잠시만, 사라졌다 나타나는 내 아버지
늦여름, 빈 자동차 안에서 캐럴을 듣는 아버지는 여전히
나를 볼 수 없고

옹이를 어루만지며 나는 웃을 수 있다
내 아버지, 한 다발이다

2018. 12.

권현지

차 례

시인의 말

Ⅰ. 멀뚱멀뚱 나를 바라보는 바나나 한 다발

불시착한 텐트

누군가 버리고 간 텐트 안에서
섹스를 한다
레몬 트리에서 떨어진 레몬들, 귀신의 머리통 같다
따갑게 듣고 있던 이어폰을 뺀다
순간의 모든 의문은
의자 위 누군가 두고 간 카디건으로 발견된다

이방의 새들은 세 개의 손가락을 내보인다

프로페셔널

겁 많은 빨간 목도리 안으로
한쪽 눈만 보여 주는 표범 무리가 있다
의심스럽게 반짝이는 숲의 근원을 찾아 나선다

물 위로 떠다니는 구멍 난 치즈처럼
맨다리의 촉감을 생각하며 준비운동을 한다
호루라기를 문 오리들의 삐, 신호음이 들려와
나는 연못 안으로 뛰어든다
움직이면 조금 더 커지는 바다를, 떠올리며
바닥 위로 자라나는 가시들은 온통
촉감 인형처럼 간지럽다

양동이를 뒤집어쓴 마을은 내게 걸어온다
온통 머리가 하얗고 들판처럼 투명하다
나는 두 다리를 가슴 쪽으로 모으고
조금씩 작아지려는 태아처럼
피리들의 아지트 안에서
빈 병을 바라본다

너는 이제 울어야 해,

물 위로 둥둥 떠오르는 식빵의 마음으로
트리 위에 양말을 걸고 싶다

저 멀리, 검은 표범을 타고 파란 수염의 여자가
달려온다 돋보기로 나를 확대한다
나는 인중을 최대한 오므린다, 눈을 가운데로 모은다
그러나 웃을 때 치아가 보이지 않는 콤플렉스는
가장 빨간 에나멜 구두가 되고 싶다
조금씩 방향을 다투어 회전하는 숲들
진열장은 휘청거리고, 병들은 바닥 위로 굴러떨어진다
유리 파편 사이로 집게를 버린 전갈들
유심히 나를 바라본다

양파의 시간

새파랗게 돋아나는 양파의 싹은 왠지 불안했습니다
물안경을 쓰고 커피하우스를 지날 때
나무에서 떨어진 부엉이 한 마리
정도껏 날았어야지, 너 어쩌다가 내 손에 담겼니

다리가 부러진 부엉이를 가방 안에 담고
지퍼를 올리면, 폭죽 소리가 들려옵니다
누군가의 결혼기념일 같습니다
초콜릿 케이크 위 빨간 리본을 풀듯
나는 재빨리 재킷을 벗습니다
온몸에 크림이 묻었습니다

조용한 숲으로
뒷짐을 진 두 손으로
말 걸고 싶은 고목들에게 다가갑니다
흔들리는 잎사귀들, 손전등으로 비추면
침묵의 웅덩이 밖으로 거기,
회전문을 밀고 나오는 양파

새파랗게 돋아나는 양파의 싹

파란 세계를 꿈꾸는 뒤통수는
바라보면 눈물이 납니다
울면서 크림을 핥아 먹습니다
이제, 요리할 시간입니다

발룻Balut*

요트 안으로 멈춘 오후 3시,
당신을 내려다보며 파라솔 위의 점심을 추억하는 중이다

피의 사원으로 나온 여행자 가족들은 즐거운 저녁 메뉴
를 떠올린다
거리의 산책자처럼, 당신도 유유히 흘러가는 중이다
금발의 여인들은 받침을 걸친 듯 비문 없는 완전한 언덕
을 향해 걸어간다 구두를 잃어버린 주인처럼, 당신은 가끔
고독에 합류한다 이편을 향해 탈출하고 싶다
방전된 핸드폰 안으로는 소속되지 않은 전화번호들이 넘
쳐나고, 당신은 언제나 번호들을 폐기하고 싶지만

들개들이 기지개를 켜는 오후는 지루하다 긴 소매의 구
멍, 검은 제복을 입은 신부들의 목청에서 성가의 화음이 지
붕을 휘감으면 역사는 반추되는가, 액자 위에 걸린 왕비의
붉은 웃음은, 사진 안에서만 영원히 흡혈하는가
초상화의 액자 위로 빛이 반짝, 이면 사원의 과실수는 허
기를 느낀다 사과 한 알이 바닥 위로 툭, 떨어지면 균열 사
이로 노을이 깃든다

유폐된 요트로부터 해가 들어서면 당신의 하루는 천천
히, 시작을 더듬는다
당신에게는 냄새가 없다 달걀의 얇은 막처럼,
주머니를 뒤집으면 말라비틀어진 담배 한 개비가 만져
질 뿐이다

네바강을 바라보는 요트 안의 시체
녹슨 캠벨 통조림과 말라비틀어진 과일 조각
염분으로 보존된 책상 앞의 시선은
녹슨 철제 시계를 바라보고 있다

파라솔이 접힌다
당신은 눈을 감고 잠을 청해 본다
부화 직전의 발룻.

* 발룻Balut: 부화 직전의 오리알을 삶은 것.

지포 라이터

나는 차가운 피의 웅덩이 안에 고여있습니다
이것은 당신이 부는 풍선껌의 첫 장면입니까
주머니 안으로 아프게 뾰족한 귀가 만져집니다
나는 가장 부드러운 손가락으로 구레나룻을 따라
더듬더듬, 눈사람의 눈알 위로 걸어갑니다

이불에 덮인 죽은 물고기의 비린내
물에 젖은 바게트의 마을을 지나
벌써, 눈이 퉁퉁 부은 눈사람들의 마을까지 와버렸구나

그것은 죽은 개의 목소리입니까, 아니면 태초의 나르키
소스입니까

주머니 안으로 눈덩이를 둥글게, 둥글게 굴려보았습니다
비 오는 색색의 신호등 앞에서
우리는 다시, 만날 수 있을까요
매몰차게 차버린 눈덩이 하나, 그 안으로
파란불이 켜지고 빨간불이
데굴데굴 내게로 굴러오는 것이 보입니다
가래와 오물이 가득한 골목에 서서

나는 손뼉을 칩니까

목이 잘린 새들을 두 손으로 받아

색종이로 접은 입술 모양,

손가락으로 동서남북, 움직여 보았습니다

당신은, 어디서부터 날아온

프레스Press

선생님, 제 가슴에 딱딱한 몽우리가 잡혀요

저울 위로 한쪽 가슴을 올려주세요
이건 일반적인 동양인의 가슴과 같은데, 지극히 평범합니다
당신의 세포는 일반인보다 조금 더 확장되어 있군요

확장이라는 말을 따라 그물에 걸려 파닥이는 베스 한 마리,
물이 튀는 찰나, 나는 종점과 착지의 순간을 구분할 수 없어요

거기, 모두가 떠나버린 운동장
홀로 남아 훌라후프를 돌리는 소녀가 있어요
내일은 훌라후프 시험이니까 더욱 열심히 허리를 돌려야 해요
출렁이는 소녀의 가슴, 티셔츠 사이로 떨어지는 가슴 한 덩이

바닥 위,
오랫동안 파닥이는 베스, 금방 더러워져요

잎맥이 지워진 잎사귀, 프레스의 어둠을 헤치고
어둠을 헤치고 나는 한쪽 가슴을 찾으러 가요
적막의 중심으로 들어설수록 점점 선명해지는

소녀들의 웃음, 비웃음 소리
알 수 없는 숲의 성별들, 음독자살한 소년 소녀들
나는 더 깊게, 숨을 들이쉬고 한쪽 가슴을 불러봅니다

나는 내 가슴을 어디에 숨겨 두었나요?

하울링Howling

순서가 섞여 인사도 제대로 못 했네요
그때 본 얼굴형이 마지막일 줄이야

우리, 이제 방식을 바꾸기로 해요
무릎 위에 가지런히 올려놓은 담요는 벗어 던지고
그 위로 강아지를 올려두세요. 얘는 이가 조금 간지러워요
이제 막 돋으려고 한다니까요? 입속으로 손가락을 넣어요,
구멍 속 검지와 중지, 간지럽지만 참을 수 있잖아요?

검은 개는 헤엄을 칩니다
앞발과 뒷발을 부지런히 움직이며
발가락 사이로 튜브 같은 작은 물방울들, 강박들, 다시 물
방울들 해먹에 누운 나는
슬슬 지루해집니다, 잠에 빠지고 싶습니다
이번엔 진짜 내가 되어볼 수 있도록 기대합니다

나이프를 든 손이 쓱쓱 그림자를 벗기자
늪 사이로 수풀을 헤치고 들판 위를 뛰어노는 소녀들, 소
리는 더욱 선명해집니다
액자 위로 찍힌 손바닥들, 그 아래, 신경증처럼 차려진 식

탁, 그 뒤로 하얗게 불타오르는 화산들이 보입니다

세계의 모든 재해 너머로 키가 다른 비석들 옹기종기 모여 살고 있습니다

나열된 죽음들은 두 손으로 무게를 가늠할 수 있습니까?

안녕하세요? 저는 권현지입니다. 현지요. 저 현지예요.

혹시 기억나세요? 기억하세요?

전동드릴로 마구 구멍을 낸 벽이 우리를 바라보고 있습니다

과자 집 벽 위로 가만히 귀를 대고 서있는 교수님, 그 뒤로 이가 없는 우리 아빠, 그 뒤엔 불임한 내 검은 개가 물방울을 털어내고 있습니다 그 뒤엔 식탐 많은 말라깽이가 크림빵을 핥고

위에서 떨어진 운석들을 내려다봅니다

나열된 형상들은 측정될 수 있습니까?

자자, 이쪽으로 얼굴을 틀어보세요.

스크린Screen

이곳은 가시덤불이 피어오르는 노래
바이올리니스트, 한 손엔 턱을 괴고 별자리를 잇는다
활과 활, 샤콘, 목소리, 스모키, 버건디, 늙은 개의 신경질
검은 앵무가 나무 위에 올라 이름을 외는 동안
번진 눈을 감고 숫자를 센다

리본을 매만지듯 기차들은 달리고
철길이 달려오는 여름은 아직 시원하고, 말동무가 필요하고
아직은 방울 소리가 들려와,
사라진 길들 위로 새들의 사체
눈을 감은 너는 어디로 날아가길 원하는 걸까?
검은 표범 고래들의 눈물이 밀려드는

야간열차가 달린다
부드러운 수염 사이로 거리를 쏘다닌다
전화를 걸어봐야지 볼 키스하는 것은 이 세계의 법칙
나에게 니 하오 마 인사를 건네지 마
나 내일이면 돌아가야 할 이방인의 글씨체로
엽서를 쓴다
거짓말을 한다

스파게티 볼에서 썩어갈 생선들 오늘의 진실처럼
부엉이의 눈으로
굿, 이브닝 기차들은 달리고
눈과 눈이 마주치는 지점에서
하얀 스크린

클리토스의 정원

이것도 시가 될 수 있나요
그저 생각 없이 지껄이는 혼잣말처럼,
들려오다 도중 사라질 음악 같은 것
나는 이 장면들을 모두 불태우고 싶어요
사뿐사뿐, 창문 위로 올라가 사진들을 가지런히 올려놓
습니다

층계를 내려가듯 벽돌을 밟고 사라진 해의 방향을 더듬
어봅니다
두 발로 걷다가, 네발로 나무를 타는 원시의 습관
고래 등을 타고 물결을 가르는 상상
여기, 구멍이 있고 웅덩이 위로 복숭아 몇 알 떠오르기
도 합니다

색색의 이구아나들, 내 몸 위로 올라와
나는 돛단배가 되고 둥둥 떠다닙니다
흘러가는 음악들, 나를 태우거나 내가 태우거나
아무렇게나 흥얼거리게 내버려 둔 채

나는 계속 기어갔습니다

분명 뒤에서 내 이름을 부르는 소리가 들렸는데
나는 내 몸 어딘가를 먼저 내밀어야 할지 모르겠습니다
바닥은 온통 사냥개의 이빨로 곤두서 있습니다

이구아나 나누기

우리는 그것을 반으로 나눴다
발밑으로 핏물이 흘러든다
램프를 따라 의자와 지붕은 거꾸로 서있다
기울어진 집

허스키 한 마리, 썩은 생선을 핥고 있다

멀뚱멀뚱 나를 바라보는 바나나 한 다발

나는 당신이 무서워요
이불 속에 웅크려 잠든 융프라우, 눈사람의 열차, 재가
된 분화구, 내팽겨진 이름표, 스위스산 액세서리, 가격표
가 지워진 코카콜라, 고장 난 현금인출기
그러나 점점 그리워지는 것은 내가 아닐까

눈물이 날 것 같아요
어제의 대사
다급히 생수를 들이켜며
현관 밖을 나서기 전
천장 위로 대롱대롱 매달려
멀뚱멀뚱 나를 바라보는 바나나 한 다발

너는 어디로 가고 있나요
매직으로 그린 눈
열린 우체통
스카프를 두른다
접시 위 잘 튀겨진 치킨의 토막들
잘린 목을 고른다
코팅기 위로 잘 코팅한다

편두통

엄마, 엄마 목소리는 너무 커요
천장에 매달린 전등이 흔들리는 것이 보이시나요?

글쎄, 난 나의 목소리를 들을 수 없는걸

엄마가 사주신 배 모형을 부러뜨릴래요. 그렇다면 저는 어
떻게 이 목소리를 이야기하나요?
혹시, 엄마에게 어울리는 배역을 드려도 될까요?

음, 나는 비키니를 입은 공주? 아니면,

엄마, 거기 가만히 벽에 붙어 서계세요

여기?

아니요, 한 걸음 더 가세요. 벽난로에서 최대한 떨어지세요
손을 가만히 머리 위에 올리고 눈을 감으세요.
아무 소리가 들리지 않을 때까지 거기, 숲으로 걸어가세요

애야, 나는 어떤 모습이지?

두통 있는 나무요

뒤통수는 연기 없는 굴뚝 같아요

손을 집어넣으면 새로운 동물 인형이 나오는 무한의 나
팔 같아요

토크쇼
—P 선생님께

누군가 내 눈을 뜨게 해주었으면 좋겠어
소파에 앉아 P 선생님은 말하죠

나는 그때, 동물원 원숭이가 된 것 같았지
따라 부를 수 있는 신발들,
초록 벤치에 앉아 뜯어 먹을 수 있는 바게트를 떠올렸어

시베리아에 갔을 때야
나는 길을 걷고 있었어
검은 발자국이 종종 발견되었고
나는 발바닥 하나를 잡아 연기를 피울 생각이었지
멋지지 않니? 불곰 발자국들, 걷는 걸음마다 캠프파이
어, 박제된 새의 머리도 훌륭하지
그런데 얘야, 너는 가리는 것이 없구나. 이 아스파라거스
도 남기지 않고 먹어라, 그래야 건강해지지

접시 위에 나란히 누운 가지들
선생님은 가리는 것이 많네요. 이 가지들도 남기지 않고
드세요, 그래야 건강해지죠
선생님, 창밖의 거미들은 다리가 너무 많아요

나는 뜨개질하듯 오늘의 풍경을 위아래로 잡아당긴다

동굴 속으로 기어가는 거미들
머리가 큰 거미들
잘 걷지 못하는 거미들
안경을 쓰고 벽 위를 걷고 있는 선생님
다리가 많은 선생님

선생님, 거기서 뭐 하세요?

어덜트 베이비 Adult Baby

그건 실수였어
과자 집 위 프레첼을 떼어 먹으며 말한다
검은 달빛 아래
그림자는 중얼거린다
대상과 대상 사이, 대상은 없다

문이 열리고
침대 위로 기어 들어와
내 품에 가만히 안기는 점박이 강아지처럼
베이비는 내 옆에서 새근새근 잠을 잔다
손가락을 빨면서,
나는 베이비의 머리카락을 만지면서 자장가를 불러준다
자장가는 언덕을 이루고, 언덕들의 몽유, 정지된 수레
바퀴들

탁자 위 주스가 든 유리컵
그 안으로 잠시 흔들리는 바다
사공은 노를 젓고 있다
막 변태한 나비의 순간처럼
베이비는 가끔 흐느끼며 울 수도 있어서
나는 가만히 베이비의 커다란 등짝을 두드려준다

한 손으로 천천히 귤껍질을 벗긴다

똑똑, 누군가 문을 두드린다
반복의 반복
이 장은 언제 끝나는지
우수수 떨어지는 잎사귀들
그 뒤에 아직 피어나지 않은 열매들

눈을 뜨고
올려다본다
까치발을 들자 과자 집은 너무나 가깝고,
자주 조각나는 것 같다
전봇대 늘어진 전선 위로
늘어진 마시멜로들

베이비의 수레 위로 새로운 비스킷들이 추가된다
떼어 먹은 비스킷만큼 내일은 무너진 담벼락이 완성된
다, 새로운 차고가 추가된다
과자 집의 대문을 떼어 입안에 넣는다
단맛과 짠맛이 난다

접속

이구아나의 꼬리를 밟았다
편지는 오른쪽 포켓 안에 으깨져 있다
용서를 빌기 위해
인정한다
인정한다, 는 것은
점령된 지형 위에 보라색 스탬프를 찍는 것
네모난 초콜릿을 받아 도미노를 하는 것

잦은 이주를 핥는 빨간 혀
두려움을 모르는 혀
텅 빈 창문 위로 쓰러진 병의 수를 센다
속력을 내며 빠르게 지나가는 차들
몸통과 얼굴이 뒤죽박죽 조립된 초상화 한 점
눈이 달려 있다
뚝뚝, 흘러내리는 물감들

털실로 짠 커튼 위에도
레자 소파 뒤에도
장식용 인형 머리 위에도
무수하게 매달린

허언과 같이

새하얀 바나나의 겉면을
핥는 혀
감각적인, 다소 무례한
양동이를 들고
이동한다
포켓 안에 숨겨 둔 국기를 꺼낸다

발바닥이 찍혀 있다

빛나는 고양이

담벼락 위에 초콜릿을 차곡차곡 쌓는다
내가 보이지 않을 때까지
메고 있던 백팩도 올린다
반쪽만 남은 머리 위로
돋보기를 확대한다
눈을 감고 뒷모습으로 따라간다

얼굴 위로 풍선이 날아간다
검은 새의 깃털들, 휘날린다
나는 나를 볼 수 있을까
이건 초상화를 그리는 마음이 아니야
물귀신 작전도 아니야
키스 마크를 새긴 채 길거리를 쏘다니는 방랑자
썩은 사과의 단면

계단을 오르내리면서
샌드위치의 모서리를 떼어내듯
중심을 향해 달려나가는 화살,
그림자의 굴곡을 따라
포크를 든 손

정오의 예감으로

나는 자주 발견된다
검은 차 밑에서
쓰레기봉투 안에서
나무에 대롱대롱 매달린 채로
공중전화 부스에서
누군가 나를 거꾸로 화분에 심어놓았다

Ⅱ. 리본을 매만지듯 기차들은 달리고

뚱보

너의 등드름으로 채운 오리 한 마리
뒤뚱뒤뚱
밤의 무대를 향해 걸어갈 때
나 한 손으로 턱을 괴고
작은 텐트 안에서 오리를 기다려
언덕 위로는 옹기종기 영화광들이 살아
서서히 내려오는 스크린
무대 위 오리들, 우리들은 온종일 자유로워

손가락 위로 풍선을 건다
언제 터질지 모르는 순간 위에서
손전등을 든다
우산을 편다

시간 여행자

말발굽을 달고 온종일 뛰어다니는 순록들
스피커에서는 시간 여행이 시작될 예정입니다, 라는 방송
이 흘러나온다
점박이가 박힌 좌석들, 좌우로 흔들리면
창문 밖으로 쏟아지는 순록의 파란 눈
거대 행성의 눈동자 하나, 서서히 클로즈업된다

금방이라도 부서질 것 같은 나무의 마찰음을 따라
건너편, 물 위에 사는 여자가 오븐에서 케이크를 꺼낸다
이십 분 후면 케이크는 반짝이는 순록의 뿔로 장식된다
숲을 헤치고 우체부는 조금 뒤 당신의 안부를 들고 찾아
올 것이다

마을 입구에서 침을 흘리며 당신을 기다리는 죽은 개 한 마리,
노을의 식욕을 따라 이편의 자작나무 잎들, 우수수 떨어지면
레모네이드를 먹고 싶은 날씨가 이어진다
오른쪽 멜빵끈이 후줄근하게 풀려 있다

푯말도 없는 파란 눈동자의 세계
눈알 통조림이 가득 든 배낭을 메고, 상아 목걸이를 걸고

당신은, 타임브릿지로 간다
순록의 파란 눈동자가 깜박, 이면
차오르는 물의 행성들
천천히, 당신의 뒤통수를 더듬어본다

도착한 상자를 연다
두상 조형물 하나
잊고 있던 눈을 깜빡인다
눈 위의 눈

피터팬

웬디는 네버랜드의 구름 속으로 다리를 길게 집어넣어요
발바닥은 때론 뜨겁거나 차갑게
성장할 수 없는 구름의 천장에 닿아있어요
입을 벌린 소년 소녀의 죽음이 긴 혀를 내밀어
웬디의 발바닥을 느리게 핥아내고 있어요
한쪽 입가가 간지럼 타듯 즐겁게 올라가면,
숨어있던 소녀들의 울음이 우르르, 터져 나와요
바람이 서늘하게 울음을 말려가는 밤이에요
비늘처럼 달라붙은 팅커벨의 날개가 웬디의 어깨 위를
스쳐 지나가요
웬디는 입술을 둥글게 말고 팅커벨의 날개를 식혀 주었죠
구멍 난 가슴 위로 새들은 불온하게 날아가고요
기쁨은 금세 즐거운 불안이 되어
그녀는 단단하게 허공 위를 날아올라요
불온한 숲의 전설처럼 그녀의 머리카락은
셔벗처럼 뚝뚝, 흘러내려요
불안은 허공에만 축축이 젖어있을 뿐
타고 있던 구름은 갑자기 검게 덜컹이기 시작하고
웬디의 배 속으로 뻐꾸기시계가 열세 번의 울음을 지르며
둥지 안으로 빠르게 사라져요

구름의 표정은 점점 창백해져 가고요

손에 쥐고 있던 나침반의 유리는 부서져요

돌아갈 수 없나요?

웬디는 네버랜드의 숲속으로 몸을 깊숙이 집어넣고

조용하게 주문을 걸어요

나는 요정을 믿는다, 믿는다

먹장구름에 앉은 웬디의 어깨 위로

네버랜드로 가는 비둘기 떼가 검은 피를 뚝뚝 흘려요

길목과 길목 사이 피들은 흥건하게 흘러들어요

네버랜드의 구름 속으로 소년 소녀들이

자라지 않는 숲을 향해 걸어 들어가고 있어요

사춘기

소녀의 성기가 피를 뚝뚝 흘리며

공포에 질린 구름 속으로 들어서고 있어요

입을 벌린 불안이 긴 혀를 내밀어

소녀의 성기를 천천히 핥아내고 있네요

어깨 위로 어둠이 망토처럼 몸을 두르자

소녀는 단란하게 네버랜드의 숲속으로 떠올라요

숲은 잔뜩 겁에 질린 표정을 하고 있어요

팔이 찢긴 나무들이 소녀의 가슴을 더듬고 붉은 체액을 쏟아내는 밤이에요

젖무덤 위로는 뿌리가 썩은 꽃들, 얼굴을 묻고 하나둘 쓰러지기 시작하고

정신을 잃은 소녀의 눈꺼풀은 천천히 감겨 가요

가끔 봉인되는 불안이 소녀의 몸에 달라붙었을 때

새 떼들은 둥지 밖으로 날아와 긴 부리로 소녀의 피 묻은 가슴을 쪼아요

소녀의 배를 가르고 나온 뻐꾸기시계의 울음은 사방으로 담담하게 흩어지고 있네요

너무 일찍 도착한 바람은 울음 섞인 목소리로 소녀의 구름을 스쳐 지나가고

울음에 익숙한 듯 갑자기 구름의 모서리는 갈기갈기 찢

어져요

    바람 소리를 내며 구름은 지상으로 천천히 가라앉고 있어요

    소녀는 거울 위에 비친 공포를 천천히 닦아내고 싶어요

    금방이라도 흘러내릴 듯한 공포는 셔벗처럼

    금발 머리칼 위로 뚝뚝 흘러내리고요

    쥐고 있던 거울은 산산조각 나요

    깨진 거울 위로 소녀의 윤곽은 점점 또렷해져 가고요

    초경의 달들은 몸 밖으로 검은 달빛을 쏟아내고 있어요

    허공은 핏빛으로 번져가고 있어요

열쇠광

강아지 눈을 보니
크리스마스에는 함박눈이 내릴 것 같아요

월천月穿

구멍 사이로
들이마신다
눈을 뜨자 이파리 잘린 숲들
어두운 풀숲을 헤치고 들어서는 탐지견
까만 복숭아가 달린 나무들
작은 과육 안으로 벌레들이 태어난다
달을 향해 걸어가는 구두
깊숙이 발을 넣으면 암사자의 색색의 깃털
질문하듯 굴러가는 수레바퀴들
형체 없는 물음들
말의 홍채 안으로 옹기종기 모여 앉은 금빛 열쇠들
지팡이를 잡은 잘린 손이 창문을 노크할 때,
사방으로 언덕을 가르며
아무도 발견하지 못한 일기장
킥보드를 타고 달려나가는 페이지들
허공 위의 스포이트와
해석되지 않은 샘플용 수신기들
벽 사이로 찍혀 가는 발자국
답변을 기다리듯 수상한 실험 가운

오르간Organ

꽃잎 안으로 걸어 들어가 피아노를 쳐요 한 곡이 끝날 때마다 꽃잎을 떼어내요 선생님이 보기 전에 얼른 두 잎을 떼어내야지 나는 집에 가고 싶은데 홍난파 또는 모차르트의 방에서 모르는 곡을 연주해요 힘주어 쳐요, 그럴 때마다 손가락이 부러지는 것 같아 이 건반을 두드리면 나에게도 발가락이 생기지 않을까요? 다리가 여러 개인 문어처럼, 수면 위로 떠오를 수 있을 때까지

뻐꾸기시계의 떨어진 솔방울, 추를 다는 엄마의 뒷모습에 대고 이야기해요 나는 지혜롭고 똑똑한 엄마의 딸이에요 엄마, 나를 위한 냄비는 고마워요 뚜껑을 열면 마트료시카처럼 또 다른 에델바이스가 걸어 나와요 온몸이 통통 불었네요 뒤뚱거리는 모습이 마치 흥건하게 젖은 문어대가리 같아요, 아직 열매 맺지 못한 동백처럼 더러운 그림자를 드리워요 그것은 썩은 생선 냄새 같았다가 겐조 플라워가 되었다가 그러나 나의 장래 희망은 동백, 당돌한 동백이에요

엄마의 코 고는 소리, 구멍 안은 은밀하고 아늑해요 빈 몸으로 붉어지고 싶어서 나는 흰 원피스를 입고 엄마의 구멍 속으로 들어서요 긴 멜로디언의 호스를 잡고, 오늘 배운

에델바이스를 연습해 봐요 에델바이스가 지나가기 위해서
나는 바닥에 앉아 철로를 조립해요 빛나는 신호등을 달아요
거기, 에델바이스가 지나가요 거기, 핫도그 파는 언니, 저
는 머스터드소스와 케첩을 잔뜩 뿌려주세요 새로운 원피스
를 입고 이제, 어디로 갈까요? 악보들은 정신없이 휘날리고
요 나는 즐거운 놀이를 상상해 봐요

블랙 1

전깃줄에 앉은 새들을 펼치자
구름의 초대장

건망증처럼
피 흐르는 거리
곳곳에는 퍼레이드의 행렬
정원사의 가위 위로
한쪽으로 무너지자, 무너지자 포도나무
두 손으로 열매를 모으면
차오르는 비누 거품들

유리 욕조 밖으로
망치를 든 손이 말한다
필요한 말만 해!
튀어 오르는 물고기들
사방엔 투명한 파편

끊어지는 전깃줄
달아나는 그림자
스테인리스 창 위로 달라붙은 비명

그 아래

배달부가
차가운 블랙을 머리 위에 이고
걸어간다
늘어지는
테이프들

블랙 2
—TV shots

블랙 안에서 춤추는 돌고래
나 조금만 길을 열어두지
땅굴 사이로 흐르는 노래
조금씩 환해지는 케이티의 눈과 코
온 힘을 다해 몸을 휘감은 뿌리들의 진화
나무는 나무가 될 때까지
새로운 손은 손이 될 때까지

탁구공을 던진다
개는 재빨리 공을 향해 달아난다
붉은 바다 위로 징글벨, 징글벨 캐럴이 울리고
심해 수중사의 꼬리
부재중 전화
저 멀리 반짝이는 소금 기둥이 녹아내리기 전
사공의 힘으로 노를 젓는다

구멍 안 모여드는 빗방울들
재빨리 달려 나오는 유령의 그림자
긴 망토 사이 젖은 발목들
속도를 헤치며, 풍경을 비껴가며

내 등 뒤로 올라와

목적지를 향해 달려나가는 흔들리는 목걸이

당신의 이름이 새겨져 있다

라푼젤

야스나야폴랴나의 숲길을 따라 걸어갑니다
빈 오두막 하나, 유폐된 성처럼 내게 이름을 물어옵니다
고독을 통과한 원숭이와 눈이 마주쳤습니다
파란 눈 안으로 태양의 무늬가 새겨져 있습니다
소설가의 무덤을 찾아 호수 위를 맴도는 산책자
자장가를 불러주고 싶습니다 양동이를 든 손 위로 얼굴
을 비춰봅니다
수염 난 사내는 나를 보고 미소 짓습니까
나는 긴 머리를 풀어 길을 더듬어봅니다
반짝이는 금빛 머리칼들, 어둠을 따라 길게 펼쳐지고
나는 죽은 시인들이 불렀던 노래를 기억합니까
피 흘리는 갈고리 손은 비명을 지르며, 내 앞을 추월하고
구원처럼, 누가 내게 노래를 불러줍니까
무너진 성벽과 탈출한 도적들의 칼부림으로 꽃들은 더욱
선명하게 피어오르고
악령들의 입김으로 활엽수들은 가공을 부풀립니다
촛불을 들고 계단 위를 걸어갑니다
나무 위로는 온통 수배 전단지가 붙어있습니다
얼굴은, 왜 얼굴을 더듬습니까

생존 가방 꾸리기

넘쳐흐를 준비 됐니?
물이 차오르고 세기가 시작된다

보온 담요 및 침낭
부르면 달려올 것 같은 레일들
늪으로부터 거대 시조새가 날아오르는 것도 모르고
벌거벗고 수영하는 아이들

다기능 자가발전 랜턴
체육관에서 단체 댄스를 추는 댄서들
당신의 모습은 육감적이에요, 아름다워요
주사위 굴리듯 같은 스파게티만 선호하는 너
지겹지도 않아?
건조한 너의 머리카락 위로
느릿느릿 애벌레 한 마리, 지나갈 때

비상식량
깊고 웅장한 땅굴을 파기 위해 누군가
구덩이 안으로 알뿌리 감자를 던진다
없는 길 사이로 굴러가는 방울들,
무한의 음악이 될 때까지

방독면
이 동영상 누가 촬영하신 거예요?
타일 위로 흩뿌려진 얼룩들, 대걸레질을 멈춘 손
죽은 개가 밥그릇을 놓고 뒤돌아보는 표정
액자 속 어둠을 반추하면

맥가이버칼
점선을 따라 오리시오

Ⅲ. 위스키 또는 스마일

망고의 정체성

1.

빨간 알약들은 고독해 그러나 잠이 들지

누군가 마중을 나올 거야

공중전화 부스에서 망고를 기다리는 경찰

끌려가는 망고들은 차의 뒷자리에서 어떤 끌림을 기다린다

또는 희고 무딘 손의 촉감을

망고가 운다

소독약을 꺼내 구석구석 닦는다

그것은 망고의 전부 또는 며칠 뒤면 발견할 것들이라 아주 소중히 다뤄야 한다

작고 흰 가슴, 말랑말랑한 몽우리

망고는 자기가 누군지 알지 못한다

망고의 언어와 개의 언어는 늘 충돌이라서

망고의 서랍 속은 늘 텅텅 비어있다

2.

누군가 몰래 숨어서 망고를 훔쳐본다

망고나무에서 시작된 잎사귀 또는 인연

망고의 가방, 거대한 나무가 될 때까지

새로운 것들을 찾아다니는 망고

부풀어 오르는 가방
그런 망고를 나는 가끔씩만 생각한다
설레지만 설레지 않은 척한다
망고에게 바구니를 건네는 손
복슬복슬한 강아지 날 선 이빨을 넣고
예측할 수 없는 ( ) 아래 망고가 서있다
미로 안을 헤맨다

3.
아무것도 무섭지 않아
망고는 자주 아프다, 오랫동안 아프다
아무도 살려 달라고 말하지 않는다
누군가 망고를 툭 친다
한 손에는 번뜩이는 칼
쓰러진다, 망고
들것에 실린 그림자
살려 달라고 말하고 싶다
투명한 귀
하나와 열 사이에 망고들, 무리를 지어 달려든다

껍질을 벗는다, 망고
검은 반점이 생기기 시작한다

망토

1.
망토 안으로 공을 굴린다
그것은 이미 시작되었다
리듬에 맞추어 춤을 추는 사내들
망토에서 겐조 플라워 향이 난다
단단한 자몽만을 바구니에 담는다
거기, 누가 울고 있다

2.
망토는 온종일 목청을 높여 양말을 외친다
망토는 오늘 점심도 굶었다
망토 안으로는 촛대가 있는 식탁이 있다
사방은 환하다
들어설 수 없다면 순간도 없다
나는 기다리기로 한다
의자에 앉아 수염을 미는 망토
잘려나가는 오늘의 페이지와 날씨들
먹구름이 몰려온다
발밑으로 빗방울이 떨어진다
망토를 숨기고 싶다

지하도 위 고갱의 포스터를 응시하는 망토
그물 안으로 들어설 완전한 공만을 떠올린다
계속 걷는다
그런 망토를 바라본다

3.

문 위로
출입 금지 푯말이 걸려 있다
책상의 재질과 창문 사이로 넘어올 달의 다리를 가늠한다
커튼을 치면
커튼 위로 나열된 생선 그림이 보인다
생선의 배 속으로 가지런히 장착된 알약들
오랜만에 주먹은 따뜻하다
건초 더미 사이 알약을 던지는 망토
타오르는 불길, 어지럽게 찍혀 가는 발자국 사이
나는 망토에게 알맞은 지붕을 떠올린다
재킷 위로 망토를 걸쳤다

아나키스트의 빛나는 체인

이 밤은 무국적자들의 타이핑 소리로 시작된다
굴뚝 청소부의 안과 밖을 더듬으면, 손가락 위로 묻어 나
오는 재들
피어오르는 구름의 시작에도 이름표를 걸어줄 수 있다면
그것은 단추로 치환될 수 있다면
언뜻언뜻 피어나는 청소부의 장미 문신은 굴뚝 밖, 가시
덩굴의 노래를 지나
사다리의 꼭대기에서 내게 자주 질문을 던진다

저 멀리 지워진 분장으로 걸어가는 피에로
질질 끌려가는 아나키스트의 체인들
오직, 이 문장 안에서 반짝이고, 반대편 사원으로부터 몇
발의 총성이 들려온다

당신은 가끔 한 사람뿐이고, 오늘은 당신의 생일이다
언덕 위로 솟아오르는 촛불을 발로 꺼버리며
누군가 자꾸 태어나는 이 지겨운 환상처럼
증여할 케이크를 머리 위에 이고, 당신은
문을 향해 질척질척 걸어간다
사라질 장미의 희극 속에서 눈을 감고
안전의 쇠고리에 낙하산을 걸어 착지의 순간을 맞이할

수 있다면

　쏟아지는 환호의 박수로 이 문을 통과한다
　맥주를 들고 치얼스! 외치는 간판들의 거리를 지나,
　아이스크림 가게 푯말 위로 줄줄 흘러내리는
　초원의 한순간을 향해 가위를 든다, 천막 안으로 들어선다

　제복을 입고 사원을 서성이는 토마토
　사원의 문을 등지고 포토 타임을 가진다
　점심으로는 옆구리 터진 김밥을 먹는 토마토
　소다를 벌컥벌컥 들이켜도 목 안에서 감지되는 목소리
　당신은 이 밤의 안전을 선언하고 견장을 떼어낸다
　창틀에 걸터앉아 낙화를 예감하는 바구니 안의 토마토들
　다시, 태어날 내 질문은 누런 진물로 뚝뚝 흘러내린다
　뒤를 돌면, 그것이 전부인 듯 피에로의 얼룩진 얼굴이
보인다
　계단 위 질질 끌려가는 아나키스트의 빛나는 체인들
　덩굴장미들의 가시들, 떨어진 토마토의 목을 휘감는다

　사랑을 표한다

트레비 기차

눈 가린 말들의 혼잣말이 들려와 나는 트레비 분수에 동전을 던진다

가늠할 수 없어서 이것은 몇 개의 단락으로 이루어진 기차입니까

퍼레이드를 향해 나아가는 기차가 있다 코코아를 마시면서 꿈에 대해 이야기하는 아이들이 있다

가정의 대문은 활짝 열려 있고, 모두가 잠든 새벽으로부터 기차는 망토를 끌어모은다 불꽃이 터지고, 타오르는 바퀴들은 누군가 잃어버린 기억 같아서 나는 유령이라고 명명한다

지붕 위로 올라가 탄산수를 마시며 기차의 행렬을 내려다보는 소년, 그 맨발을 올려다보는 당신의 뒷모습은 투명 망토를 닮았다

말의 고삐를 잡고 밤의 언덕을 오른다

오늘의 창문 위로 말굽 소리가 들려오면 안대를 벗고 거울 앞에 선다

당신과 맨얼굴로 면담하고 뜨거운 아이스크림을 먹는다

이곳은 수감된 자들의 노래가 들려오는 감옥, 수인 번호들은 절벽 위로 기어오르고

내가 내민 손가락을 잡는다면 이 기차는 다시,

달려나갑니까 동굴 속 괴한들이 묻어놓은 안전모는 이제 영원합니까

주머니 속 지도는 폐기되었고, 칸막이 뒤로는 밤의 테라스가 있다

아무도 먹지 않은 빛나는 접시,

조금씩 거대해지는 퍼레이드의 행렬, 거리의 악사들은 퍼레이드의 리듬에 맞추어 노래를 부른다

유령의 어깨에 손을 얹고 당신은, 즐거운 퍼레이드의 행렬로 나아가는 중이다 거울 위로 서로의 얼굴을 비추어 보는 아이들, 자라나는 꼬리들

태어나는 문장들을 다독이면서, 방향을 더듬으면서

이것은 가늠할 수 없어서 몇 개의 단락으로 이루어진 기차입니까

트레비 동전들, 기억을 반추하며 젖은 망토를 끌어모은다

크로키|Croaky

거기, 눈보라의 언덕이 쌓여 간다
맛없는 바게트, 덩어리째 던진다
저 멀리 내가 부리처럼 박혀 있다

조금만 길어 나와도 보기 싫은 단발이다
나는 단정해지고 싶어서
벗어놓은 카라 원피스 안으로 들어선다
누군가 가위를 들고 사각사각 옷을 자른다
조금씩 잘려나가는 그림자

나는 의사가 되고 싶었고
화가도 되고 싶어요
부러지는 나무 이젤
청진기를 목에 감고
주방을 향해 장화로 걸어나간다

너는 접시나 닦으면서 기다려
아이들이 보고 싶어요

장화 안으로 고개를 집어넣으면

어둡고 컴컴한 장화의 집
천장 위로 아기 새의 울음이 매달려 있다
나는 조금만 사랑하기로 한다

루나Luna

맨홀

맨홀
어떡하지
어떡하지

오감이 지워진 거리, 출렁이는 젖가슴, 분해된 기계들
시리도록 아름다운 당신의 눈동자를 열면,
　기타리스트 감미로운 연주 반짝이는 단추들 모자들 밤새
워 피워 올린 구겨진 음악들, 시가 위의 찢긴 편지들

　무덤처럼 펼쳐진 밥상 입맛을 다시는 열망의 수도꼭지 범
람하는 거리 둥둥 떠다니는 연꽃 모양 얼굴

　사지선다형의 창살 밖은 온전하고 완벽해서
　장님이 걸어와 지팡이로 스위치를 누른다
　들판 위 찢어진 텐트, 돗자리 아래 찌그러진 맥주 캔
　야경을 흘리며 달려가는 유람선
　세상의 모든 별자리를 위하여 치얼스!

안대를 푼 눈을 보여 줘

수도꼭지를 틀어줄래?
나는 넘쳐서 흘러갈 거야
펜션 주인에게 줄넘기를 빌려 와
나는 선을 넘었지
책상 위로 엎드려
총을 버리고
소년들, 우르르 창문 밖으로 뛰쳐나간다
듣고 있니?

안대를 푼 한쪽 눈을 보여 줘
어제와 오늘 사이, 나 건너갈 거야
귓속으로 먹구름 몰려오는 소리가 들렸어
가방을 풀어헤치고 빈 마음이 될 거야
시작은 네가 했잖아
누굴 탓한다는 거니
이 많은 구름을 헤아릴 수 없어
나는 목동이 될 거야

줄넘기가 필요해

브라질리언 와싱Brazilian Waxing

누군가 눈을 뜨게 해주었으면 좋겠어요
손을 모아 기도한 적 있었지
우리는 앉을 수 있는 악기들과
볼 수 있는 벤치들을 떠올렸지
영영 갇혀있는 감옥 속
부엉이처럼 또렷해질 수 있을까

밤의 기도처럼 불쑥불쑥 튀어나오는 두더지에게
선물로 바나나를 주고 싶어
바나나를 머리에 이고
잠시만 녹색 숲을 바라보는 소녀의 파란 눈

매끈하고 생소해, 낯선 주전자가
우리의 온몸을 비출 때
폐허는 온통 아름답고
날마다 새로워진다
짝이 다른 슬리퍼를 신고
네 잃어버린 단추들을 주머니에 넣고
높낮이를 가늠하면서
절뚝이며 걸어가는

퀴노아,
퀴노아처럼

목격자

발가락 밑으로 낸 작은 창을 바라보고 있어요
핼러윈 펌킨이 반짝반짝 체온을 바꾸는 성탄 전야
나무들이 우르르 몰려오는 소리가 들려와
폭풍우와 나무들, 박쥐 떼들 다급히 날아가고
나는 소화기를 들고 진압을 준비해요
그런데 아직도 끝나지 않은 거야?
이 시작을 또 시작이라고 말하려니까 지루해져서

이건 내 스타일이지
한쪽 손에만 반지를 끼는 남자의 습관과도 같아서
나는 한쪽 야상 어깨 위 국기를 새긴 남자를 사랑하고
국적과 국적, 그 사이를 유영하는 바다 동물들, 붉은 수염
떼들 사이엔 무엇이 살까

아주 간절히 바라왔던 소리들, 버려진 벙거지 모자를 들
어 올리자
여름을 거니는 여행자들
발목까지 오는 검은 부츠를 신고 각자의 우산으로 돌아갈 때

한쪽 귓가엔 유기된 강아지, 반쪽만 남은 벙어리장갑, 구

겨진 메모지 위 주인 없는 전화번호 리스트들

　여름은 제 발로 파라솔을 향해 걸어갔다는 소문을 들었어요

　아 참, 나는 더 늦기 전에 도망간 강아지를 데리러 가기
로 했는데요

댄스 댄스Dance Dance

춤출 수 있을 만큼 다리를 벌려
고양이를 낳았어요
누가 이런 거지?
나는 이곳이 문득 궁금해져요
거기, 손을 내밀면
까끌까끌한 혀는 아프고, 닿으면 간지러워요
나와 놀자고 손을 내밀면
더러운 손은 치워, 대신
이리 와 내가 가지가 되어줄게, 하고 말한다면

고양이는 달리고, 나는 다리를 벌려 낳고, 또 낳고
비가 내려요
온통 여름과 가을이에요
쓰러진 나무를 비집고 웅크린 고양이 한 마리, 목소리를
켜요, 볼륨을 높여요

나는 나이기 전에
너는 너이기 전에
고양이는 고양이이기 전에

당신은 유기되었습니다

전화를 걸자 음성 사서함으로부터 남겨진 메시지
목소리로부터 따뜻한 체온은 발목부터 전해지고
가시 달린 나뭇가지 아래서
혀들은 천장 위에서 대롱대롱 춤을 춥니다
숲과 함께 뒤엉키는 꿈

누군가 나를 이불째 산속에 두고 갔어요
고양이를 안고 나는 무심코 이곳이 궁금해져요
헬기를 향해 양손을 흔들어요

부러진 프로펠러를 타고

뚱보의 허기를 빌려 프로펠러를 작동시킨다
유령들은 지하도 뚜껑을 열면서
시끄러워, 시끄러워 몸살을 앓고
술병과 스파게티 소스를 안고 다이빙하는 소년들
이름도 모르는 거리를 걷다가
내 손엔 그림자를 끄는 목줄
시작도 모르는 문장 위로
방향도 잊은 문고리 위로
너를 살려 둘게, 너를 걸어둘게

칸막이가 켜진 식당 안 혼밥하는 사람들
테이블 위에 쌓인 접시를 걷어낸다
우리는 어제 만난 사이라서
조금 더 친해질 수 있고
그래서 조금 더 다정하지
아픈 생선들은 서로 건드리지 말자

진열대의 술병들
날마다 잘리며, 자라나는 로즈마리들
빛나는 체인을 걸친 근육맨은

맛있는 불쇼와 오늘의 칵테일을 만들고

언제 무너질지 모르는 건물의 밤은
블랙을 추구하는 너의 리스트들 사이
언제나 회전 중이고
장소는, 장소를 잊고

훌라후프의 세계

반주를 맞추는 것부터 시작해 보자
내가 하나, 둘을 셀 때, 찻잔은 빙글빙글 회전하기 시
작한다
투명 손잡이를 당기자
팝업처럼 수면제를 먹은 두더지 한 마리
출구를 찾기 위해 뛰쳐나온다
우리의 손바닥에도 따뜻한 잎사귀를 나누어주세요

반바지 안에서 훌라후프를 돌린다
물고기 비린내, 골목이 시작되는 거리
전봇대 위로 얼굴을 찾는 전단지를 붙인다
거기, 아저씨 현상할 수 있는 만큼
창문을 내려주세요
타오르며 달려가는 슈퍼카

고원과 숲 사이를 달려나가는 치타의 치열함과
사냥꾼이 쏘아 올린 총알의 순간, 맹렬히 소용돌이치는
독사의 붉은 피
나무 위에 달린 줄을 당기자
흩날리는 파란 잎사귀, 파란 가면

맨발로, 맨몸으로
나무 위를 오른다
전등을 켠다
거울을 본다

늘어선 포도밭

Ⅳ. 유리 조각처럼 흩뿌려진 기차들

당신은 거길, 푸딩 같다고 말한다

밑단이 너덜너덜하다
아무렇게나 벗어 던진 청바지의 숲
왼쪽 구멍 밖으로 저어새 한 마리 날아오른다
발목 위로 노란 쪽지가 매달려 있다
구멍은 미로 같아서 자주 길을 잃어버린다

구덩이 안 소금에 절인 붉은 연어처럼
밤마다 충혈된 눈은 나뭇잎처럼 자주 바스락거린다
크고 단단한 부리 안으로
거뭇거뭇 수염 난 소년들
기타의 줄을 튕겨내던 손이 어긋날 때
바둑판 같은 그물 아래
체크무늬 얼굴이 보인다
어깨 위로 열매가 달린 사과나무를 들쳐 멨다

보이지 않는 바닥을 찾아 더듬는다

비상구

노랑

노랑
쏟아진다
입 벌려
혼돈 속에서 납작 엎드려있어

휘날린다, 언덕들의 몽유
긁는다고 열리지 않아
우편함 속에서 쓰다듬고 싶어
소리 나는 조개껍데기 밖으로
헝클어진 그림자, 기어 나온다
맞이할 팔은 짧아서
티셔츠의 구멍 밖으로
다락의 검은 쥐들이 들락거리는 14월
알람은 울리지 않고
생일도 까먹을 수 있어
자꾸만 닳아가는 케이크 위의 작은 초들,
괜찮아?

목걸이를 물고 달아나는 부리가
내 이름표를 놓칠 때,
둥지를 파헤치는 손등
무덤을 바라보는 부러진 안경 위로
올라가 피리를 분다
구멍 사이로 흘러내린다, 아이스크림

적도

나는 뜨거운 세계로부터 시작된 바람이에요

사막 위로 찍힌 낙타의 발자국은 허공을 따라 걸어 들어가고

지워진 발자국 위로 선인장이 자라는 이곳은 어디인가요

지상으로 뿌리 내릴 수 없는 절수형 샤워기들은 뾰족한 가
시를 피워 올리고

가시 위를 스친 내 손은 증언처럼 짧은 탄성을 지르며

금지된 세계로 흘러들어요

하늘은 금세 붉은 피로 물드는 진창

허공 위로 구멍 하나가 뚫렸네요

어디선가 새들은 빠르게 허공 주변으로 모여들기 시작하고

들어서지 못한 새들은 즐겁게 서로의 날개를 찢어요

지상 위로 떨어진 새들의 날개는 황홀하게 언덕 위를 뒹
굴고 있네요

반만 남은 어깨로 검은 날개를 축축이 어루만져요

언덕을 타고 사막으로 흘러드는 모래들은 낙타의 발등에
붙어 손톱 반대편의 소식을 기다리고요

꽃들은 황홀한 악취로 술렁거리기 시작해요

꽃의 무덤가에서 날개를 접고 나비처럼 앉아요

나는 다시, 빈 잎사귀로부터 태어나려고 해요

꽃들은 금기의 세계를 향해 뿌리를 내리고
모래 먼지들은 예정되지 못한 소식처럼 언덕 위를 맴돌아요
수레바퀴는 끊임없이 돌아가고요,
내 모험은 어둠 속에서 더욱 명백해져요
들리시나요, 우리들의 비명이

여기는,

앵무새 쪼개기

빗나간 일기예보, 눈 내리는 창문 위로
녹차밭을 가꾸는 죽은 할머니가 파인애플을 발견한다
이런 대파는 처음인걸, 밭으로 나가 심어야지
이런 것들은 정말 처음이야, 라는 말 위로 파인애플은 손
을 얹어본다

파인애플은 의자 위에 가발을 올려놓고
어제보다 머리가 빨리 자랐어,
펍은 경쾌한 리듬으로 울려 퍼진다
새로 도래할 단어처럼, 파인애플을 호명하는 오른쪽 근
육 안에서 꽃을 피우기 시작한다

연구 보조가 사전 위에 엎드려 잠든 사이 파인애플들은
우산을 뜯어 먹으며 배가 고프다
내게 어울리는 이름을 지어주세요
창문 위로는 눈발이 흩어진다
사라지는 눈발을 바라보며
음악이 되고 싶었던 페이지들
연구는 시작과 끝을 모르고, 날마다 뿌리를 딛고 가공
을 부풀린다

누군가 부츠를 신고 질퍽이는 땅을 건너간다

파인애플을 찾아 나서는 뒷모습

파인애플을 반으로 가르고 또 반으로 가르는 즐거운 상
상 속에서

풍선껌을 부는 파인애플, *그만 절벽 아래로 떨어져 주세요*

처음을 호명하는 입술마다 무지갯빛 지팡이, 지팡이

베를린

펀치레이스를 입으면
온몸이 환하죠
맨몸으로 거기, 사다리를 타고 올라가
잃어버린 마개를 찾아 나섭니다
버스 안으로 목만 내미는 꽃들, 장난스럽게 머리를 떨
어뜨리고
나는 길을 걷다가 헬멧을 주웠죠
튜브 안으로 몸을 끼우고 입술로 둥둥 떠다니는 말미잘들

현명하고, 지혜로워요, 아직 젊네요
독립성에 대해 생각하는 밤
스테이지 위 철창, 갇힌 동물들
철창 안에서 구멍을 향해 물끄러미 바라보는 자여
구원을 바라지 마라
새들은 모자 안에서 자꾸만 태어나고
꿈을 꾸면서 고드름이 된 절벽들, 손으로 더듬어본다
이건 실재지

아이들은 행선지를 잊었고
기차는 달리고

달려서 둥근 바퀴를 만든다
양방향으로 소시지를 나르는 게르만들
창문 밖으로는 화살을 쏘는 인디언들, 잎사귀에 달린 은
둔의 기쁨, 거품들

오전에만 파티가 열리는 이상한 나라
절벽 위로 누군가 몸을 던지면
금세 피로 변하는 해안선
그것은 금방 음악이 되고
크리스마스 왕국으로 달리는 기차 안에서
아이들은 환호한다

달려요, 달려
밤의 테라스에서 스피커는 더욱 볼륨을 높이고
거리마다 아코디언을 멘 악사들 뛰쳐나온다
경계 위에서 버팔로 윙을 물고 응원하는 나시들

매직 아워 Magic hour

오늘 밤

기차가 지나갈 거야

ㅂ을 목에 걸고 살려 달라고 말하지 않았다
나는 나로부터 탈출하는 중이었으므로
침묵처럼 돌아가는 팽이
양동이 안의 젤리들, 웅덩이
사다리를 그대로 바라보고 있다
돌기 없는 도마뱀, 그것은 이미 도마뱀이 아니었고,
원피스를 입었는지, 정장을 입었는지, 여자였는지 남자
였는지, 턱수염이었는지

이 방에서 우리는 오랫동안 갇혀있었다
안녕하세요? 저 아세요?
이 병을 던져주세요
벽과 벽 사이
분실된 자가 말을 걸어온다
잘린 손 하나 뚜벅뚜벅, 걸어온다 우리를 저편으로 던진다

나체로 물구나무선 그림자

유리 조각처럼 흩뿌려진 기차들

그 위 아장아장 걷는 태아들

토마토 더미

토마토의 붉은 눈이 빛난다

비 맞는 종이 상자 안에서 오랫동안 서로의 날개를 비비
는 병아리들

가위를 든 손, 눈 위의 키스

설원의 시작; 점선을 따라 오리시오

- -

고백하건데

나는 늘 지각을 하는 사람이었습니다

시곗바늘에 따라 움직이면서 나갈 채비를 했는데

기다리는 사람마다 짜증을 냈어요

나는 지금 예정된 시간보다 조금 일찍 나왔어요

시간을 맞추려면, 예정된 것에서 하나를 빼야 해요

그래야 맞아요

조금 어긋나지만 그래야 정확해요

뜨겁거나 차가운 얼음 한 조각을 유리컵에 넣는다

늪 속에서 서서히, 드러나는 코뿔소의 잘린 뿔
물장난 치는 형광 비키니 혼혈아
그 위에 앉은 새 한 마리, 날아가면
파문처럼, 야생 지대

엘리스의 T팬티

굽은 도로가 시작됩니다
술병과 초를 끌어안고
단아라는 말의 끝을 구부리면
이브의 밤은 펼쳐진다
어둠 속에서만 빛나는 파란 렌즈
누군가 너머로 코코넛을 던진다
암호를 대시오
메아리처럼 돌아오는 낯선 박쥐들의 합창
발굴되지 못한 무릎들
도미노처럼 쓰러진다
문 틈 사이
무너짐을 향해 달려오는
나체 운전자
분해되는 부품들
한눈파는 사이
얼음 구덩이에 빠진 손목들
신선한 간을 든 손바닥

예술가들

꽃은 우리를 한 아름 안고
식물로 키우겠다고 다짐했다

공동체

방울토마토를 만지면서

우리들은 지저분하고

바닥은 타버렸고

둥근 것으로 만든 기차가 지나가

우리는 구멍 안에 숨어서

폭죽을 바라본다

환호하기 위한 파티

전선은 끊어졌고

그 위엔 발이 녹은 새들

케이크 위에 초를 꽂는다

경적이 울리기 전에

살얼음이 내려앉은 잭콕을 마시자

사소한 주문을 말하자

바닥 위로 벗어놓은

붉은 조끼

오렌지 유추에 의한 공중전화 부스의 학습

공중전화 부스에 걸린 노란 후드
손가락을 벌려 소실점을 확대한다
난 너와 놀고 싶어,
킁킁대면서 의심하면서
오렌지를 굴린다

날마다 새로운 발톱이 발굴되는 정원
침묵을 향해 비명 지르는 검은 앵무
얼마나 원하지?
나는 케이지 안에 목소리를 가두고
레버를 돌려 비밀번호에 맞춘다

가역성처럼 우리의 관계는
굴뚝에 매달린 두 개의 주머니로 치환된다
목소리를 어깨에 메고 길을 떠나는 산타클로스
크리스마스는 과거보다 멀고 현재보다 가까워
나는 자루 안의 꿈틀대는 가능성들을 나열하듯
좋아하는 숫자들을 하나씩 호명한다
오렌지들, 내게로 굴러온다
알 수 없는 숫자가 새겨진 채

자율적으로
이전의 경험을 바탕으로

번호를 누른다
공중전화 부스는 번호를 기억하지 못한다, 금방 잊어버린다
오렌지는 날마다 새롭거나 익지 않았거나 섣불리 까져 있다

후드는, 후드를 공중전화에 널어놓는다
공중전화는 밤마다 거대 나무가 되고
오렌지들은 더 이상 형용할 수 없는 오렌지들이 된다
거대한 무덤과 마을을 이룬다
산타클로스는 망원경을 든 채 여름에만 볼 수 있다
자루는 통째로 언덕 아래 굴러가고
오렌지들은 종종 터진 채 발견된다

거기, 노란 후드를 입은 소년이 서있다
익지 않은 오렌지 하나를 든다

대식가

거리 위로 북 치는 소리가 점점 가까워졌을 때
나는 외투를 펼쳐 상점 안으로 들어섭니다
간직해 둔 스페인 계단 엽서를 펼쳐 보이자
카운터의 제프는 한 명 또는 쌍둥이 형제가 됩니다
차가운 스파게티, 구부러진 길을 따라
건너편, 박물관엔 전시된 시체 위로 셔터를 누르는 관광
객들로 북적이고
미치광이 집시는 유리문에 쪼그려서 강아지와 하이파이브를
나는 벽화의 중심에 기대어 서있습니다

소방차들이 긴 호스로 거리를 세척하고 있습니다
양손에 양동이를 든 사내는 계단 지하 통로를 향해 걸어
갑니다
발바닥 모양으로 찍힌 페인트 자국들, 나는 꼼짝없이 이름
을 말해야 할지도 모릅니다
플래시를 켠 도마뱀들, 불빛을 따라 얼굴을 샅샅이 훑습니다
저주하고 악수하던 눈 코 입들 늘어진 껌처럼, 주머니 안
에 들어있습니다
양손을 주머니에 넣고 사라진 사람들을 나직하게 불러봅니다
버려진 지프차를 몰면서 갑니다

저 멀리 레즈비언 커플 사이로

제멋대로 잔디밭을 구르는 공 하나,

눈 코 입이 없습니다

축제가 시작되고 있습니다

거리마다 토마토를 던지는 사람들이 보입니다

구의 세계

창문은 활짝 열렸다
프리지어를 꺾은 두 손을 모은다
저 멀리서 부풀어 오르는 구
지체할 시간이 없다
화단 위 싱그러운 방울토마토들
바구니 안에 방울토마토를 담는다
빨간 플라스틱 바구니
완전하게 담긴 열매들
구는 구를 향해
굴러간다

두 번째 종소리가 들린다

해　설

잔혹 생존 동화 시집

> 겁 많은 빨간 목도리 안으로
> 한쪽 눈만 보여 주는 표범 무리가 있다
> 의심스럽게 반짝이는 숲의 근원을 찾아 나선다
> ―「프로페셔널」 부분

장은석(문학평론가)

1

　어떤 동화들은 상당히 잔혹하다. 과연 아이들이 이토록 무시무시한 이야기들을 견뎌낼 수 있을까. 이런 이야기들이 아이들에게 어떤 영향을 줄까. 많은 질문이 떠오르게 만드는 동화들이 상당하다.

　거짓말을 하면 계속 코가 늘어나는 아이 인형이나, 부모에게 버림받고 어두운 숲을 헤매는 남매의 이야기들을 보며 며칠을 두려움에 사로잡혔던 기억이 남아있다. 놀랍고도 두렵고, 신비로우면서도 복잡하게 꼬리를 무는 이야기들은 아이들을 사로잡고 쉽게 놓지 않는다. 금방 의미를 확정할 수 없는 이야기 앞에서 아이들의 마음은 더 혼란스러워진다. 만약 동화의 결말이 행복하게 마무리된다는 사실을 모른다면 아이들은 계속 이야기를 읽기 어려울 수도 있을 것이다. 해피 엔딩은 무서우면서도 재미있고, 슬프면서도 기발한 이야기 속으로 망설임 없이 아이들이 뛰어들 수 있게 만드는 장치와도 같다.

반면 뻔한 결말은 어른들을 동화로부터 밀어낸다. 이미 세계의 신비와 두려움으로부터 멀어진 어른들은 핍진성 없는 이야기에 담긴 판타지에 빠지기가 쉽지 않다. 오히려 이들이 동화를 찾게 된다면, 흥미진진한 두려움보다는 잃어버린 어린 시절의 느낌과 감각 때문일 가능성이 훨씬 크다. 때때로 우리는 아이들을 위한 이야기 속에서 도저히 기억할 수 없을 것 같았던 것들을 발견하지 않는가.

이런 이유로 동화는 시대에 따라 계속 각색되고 변주된다. 하나의 이야기는 원래 지닌 구조를 유지한 채 동시대의 아이와 어른 모두에게 더 어울리는 옷으로 갈아입는다. 이런 과정에서 새로운 시대의 아이는 변화한 감수성에 걸맞은 이야기를 가지게 되고, 이미 다 자란 어른들은 과거에 느낄 수 없었던 것을 다시 떠올릴 수 있게 된다. 실제로 인어 공주와 같은 이야기는 원작과 얼마나 많이 달라졌는가. 원작의 인어 공주는 혀가 잘리는 고통을 겪고, 새로 돋은 다리로 걸을 때마다 발바닥이 칼에 찔리는 아픔을 겪는다. 헨리 지루는 이러한 고통을 귀족 사회로 편입되기 위한 언어와 몸가짐의 변화로 설명하기도 했다. 그렇지만 오늘날의 인어 공주는 아름다운 목소리로 노래하고 우아하게 춤춘다. 심지어 그의 목소리를 빼앗아 가는 마녀의 모습과 노래조차 표현주의적인 색채로 가득하다. 하나의 이야기는 변주된 서사와 새로운 미디어 기술을 통해 완전히 다른 모습으로 탈바꿈한다. "헨젤과 그레텔"이나 "라푼젤"과 같은 캐릭터들도 마찬가지이다. 원작의 음습함과 고독은 온데간데없고 더 똑똑하고 영리한 아이들이 등장한다. 애니메이션 라푼젤의 주인공은 아무렇지도 않게 탑에서 내려와서 밝은 표정으로 노래 부르고 춤춘다. 더불어 치유의 힘을 가진 머리칼을 가지고 단번에 주변 사람들을 휘감아 변화시키기까지 한다.

야스나야폴랴나의 숲길을 따라 걸어갑니다
빈 오두막 하나, 유폐된 성처럼 내게 이름을 물어옵니다
고독을 통과한 원숭이와 눈이 마주쳤습니다
파란 눈 안으로 태양의 무늬가 새겨져 있습니다
소설가의 무덤을 찾아 호수 위를 맴도는 산책자
자장가를 불러주고 싶습니다 양동이를 든 손 위로 얼굴을 비춰봅니다
수염 난 사내는 나를 보고 미소 짓습니까
나는 긴 머리를 풀어 길을 더듬어봅니다
반짝이는 금빛 머리칼들, 어둠을 따라 길게 펼쳐지고

나는 죽은 시인들이 불렀던 노래를 기억합니까

—「라푼젤」부분

　유폐되어 있던 라푼젤이 탑에서 나와 자신을 찾아가듯이 이 시의 라푼젤도 자신만의 새로운 길로 떠난다. 이 시집의 여러 곳에서 길을 떠나는 사람의 다양한 초상을 만나기는 어렵지 않다. 트레비 분수에서 적도까지, 시 속의 "나"는 뜨거운 태양과 깊은 숲속과 부산한 거리를 끝없이 누비며 "이방인의 글씨체로/ 엽서를 쓴다"(「스크린」) "나는 뜨거운 세계로부터 시작된 바람"이라는 고백이나 "꽃들은 금기의 세계를 향해 뿌리를 내리고/ 모래 먼지들은 예정되지 못한 소식처럼 언덕 위를 맴돌아요/ 수레바퀴는 끊임없이 돌아가고요,/ 내 모험은 어둠 속에서 더욱 명백해져요/ 들리시나요, 우리들의 비명이"(「적도」)와 같은 부분에서 알 수 있듯이 시 속의 여러 "나"들은 겹겹이 둘러싼 성벽 바깥의 금지된 영역으로 계속 나아가기를 멈추지 않는다.

　한 사람의 시인이 자신을 찾아 떠나는 여정은 곧 말과 언어를 탐색하는 과정과도 같다. 긴 머리를 풀어 길을 더듬는 라푼젤이 지나가는 "야스나야폴랴나"는 러시아의 박물관이며 톨스토이가 태어난 곳이기도 하다. 시 속의 "나"는 러시아어로 '빛나는 공터'라는 뜻을 가진 박물관의 숲속으로 들어간다. 소설가의 무덤가를 죽은 시인들이 불렀던 노래를 기억하며 들어가는 "나"의 모습을 보면 시인의 여정이 특정한 목적지를 겨냥하고 있지 않다는 사실을 충분히 짐작할 수 있다. 시인은 지금 텅 빈 곳에 새로 도래할 언어들을 따라 걷고 있다.

> 눈 가린 말들의 혼잣말이 들려와 나는 트레비 분수에
> 동전을 던진다
>
> …(중략)…
>
> 태어나는 문장들을 다독이면서, 방향을 더듬으면서
> 이것은 가늠할 수 없어서 몇 개의 단락으로 이루어진 기
> 차입니까
> 트레비 동전들, 기억을 반추하며 젖은 망토를 끌어모은다
> ─「트레비 기차」 부분

시 속의 내가 목적지를 바꾸며 계속 새로운 곳으로 향하듯이 문장들도 조금씩 단락을 이루며 마치 하나의 기차처럼 종이의 다른 쪽 공백을 향해 계속 달린다. 캄캄한 성벽 안에서 혼잣말에 머물던 "나"는 이제 언어를 통해 바깥으로 나오려 한다. 정확한 방향을 알 수 없어서 계속 더듬거리며 하나의 말은 조금씩 문장을 이룬다. 길게 이어지는 말은 라푼젤의 긴 머리칼처럼 "나"를 이끈다. "나"는 멈추지 않는 말에 올라타고 끊임없이 달리며 새로운 동력을 얻는다.

> 빗나간 일기예보, 눈 내리는 창문 위로

녹차밭을 가꾸는 죽은 할머니가 파인애플을 발견한다

이런 대파는 처음인걸, 밭으로 나가 심어야지

이런 것들은 정말 처음이야, 라는 말 위로 파인애플은 손
을 얹어본다

파인애플은 의자 위에 가발을 올려놓고

어제보다 머리가 빨리 자랐어,

펍은 경쾌한 리듬으로 울려 퍼진다

새로 도래할 단어처럼, 파인애플을 호명하는 오른쪽 근
육 안에서 꽃을 피우기 시작한다

연구 보조가 사전 위에 엎드려 잠든 사이 파인애플들은
우산을 뜯어 먹으며 배가 고프다

내게 어울리는 이름을 지어주세요

창문 위로는 눈발이 흩어진다

사라지는 눈발을 바라보며

음악이 되고 싶었던 페이지들

연구는 시작과 끝을 모르고, 날마다 뿌리를 딛고 가공
을 부풀린다

누군가 부츠를 신고 질퍽이는 땅을 건너간다

파인애플을 찾아 나서는 뒷모습

파인애플을 반으로 가르고 또 반으로 가르는 즐거운 상
상 속에서

풍선껌을 부는 파인애플, *그만 절벽 아래로 떨어져 주세요*

처음을 호명하는 입술마다 무지갯빛 지팡이, 지팡이

—「앵무새 쪼개기」 전문

이 시에는 달리는 말의 리듬에 올라타고 그것의 동력에 따라 끊임없이 변화하는 자질을 탐색하는 시인의 자세가 가장 잘 드러난다. 날씨 예보가 완전히 빗나가듯이 단어들도 예상할 수 있는 지점을 건너뛴다. 흰 눈 위로 푸른 녹차밭이 펼쳐지는 장면이나 죽은 할머니가 갑자기 등장하여 파인애플을 발견하는 장면은 전혀 어울리지 않는 것처럼 보인다. 그런데 죽은 할머니는 처음 보는 파인애플을 대파로 여기고 밭에 심는다.

'파'라는 희박한 음성적 자질에 의해 간신히 연결되는 "대파"와 "파인애플"은 정말 조금씩 자라기 시작하고 문장이 진행하면서 마침내 조금씩 꽃을 피우기 시작한다. 시인은 정말 이처럼 희박한 가능성을 심고 가꾸는 사람과도 같다. 간신히 심은 말이 조금씩 자라다가 마침내 피어나는 과정의 리듬을 발견하는 연구에 매진하는 사람이야말로 어쩌면 가장 시인에 가까운 것 아닐까.

시인의 노력으로 태어난 파인애플이라는 말은 우산을 뜯어 먹으며 무럭무럭 자란다. 지금 시인은 예정에 없이 급작스럽게 떨어지는 눈을 우산으로 가리기보다 "부츠를 신고 질퍽이는 땅을 건너"며 새로운 파인애플을 찾아 나서고 있다. 그는 우연한 변화를 몸으로 받아들이고 그 변화의 양상 한가운데로 들어가기를 주저하지 않는다. "파인애플을 반으로 가르고 또 반으로 가르는 즐거운 상상"은 앵무새처럼 같은 말을 되풀이하는 자세를 여지없이 쪼개버린다. 연구실에서 녹차를 마시다가 갑자기 내리는 눈을 바라보는 사람이 사전을 덮고 바깥으로 나가는 일상의 평범한 장면은 이처럼 모험적인 시도를 통해 완전히 낯선 리듬을 만든다. 아마 시인은 아주 희박한 가능성만 있다고 해도 이런 시도를 멈추지 않을 것 같다. "날마다 새로운 발톱이 발굴되는 정원"에서 "침묵을 향해 비명 지르는 검은 앵무"와 같은 자세로 "오렌지"라는 말과 개념이 단순한 알레고리에 머물지 않고 "더 이상 형용할 수 없는 오렌지들"(「오렌지 유추에 의한 공중전화 부스의 학습」)이 될 때까지.

2

　벽으로 둘러싸인 탑을 뛰쳐나온 라푼젤의 긴 머리칼처럼 시집 속의 말과 문장은 계속 이어지면서 새로운 가능성의 지점을 향해 뻗는다. 갇혀있던 라푼젤이 어머니의 금기를 넘어 머리를 타고 벽을 넘듯이 시인은 한없이 이어지는 말을 타고 죽은 말의 세계를 넘어 낯선 지대로 나아간다. 이러한 시인의 행보는 "매끈하고 생소"한 경험인 동시에 "누군가 눈을 뜨게 해주었으면 좋겠어요/ 손을 모아 기도한 적 있었지"(「브라질리언 왁싱」)에서 알 수 있는 것처럼 간절한 바람이다. 자기만의 세계와 일상적 언어 체험으로부터 뛰쳐나

와 새로운 세계의 반응을 경험하면서 매혹은 어떻게 절박한
체험과 결합하는가.

>   누군가 내 눈을 뜨게 해주었으면 좋겠어
>   소파에 앉아 P 선생님은 말하죠
>
>   나는 그때, 동물원 원숭이가 된 것 같았지
>   따라 부를 수 있는 신발들,
>   초록 벤치에 앉아 뜯어 먹을 수 있는 바게트를 떠올렸어
>   —「토크쇼」부분

"누군가 눈을 뜨게 해주었으면 좋겠어요"라는 "나"의 간
절한 기도는 "누군가 내 눈을 뜨게 해주었으면 좋겠어"라는
P 선생님의 말과 겹쳐진다. 거의 유사한 무늬를 지닌 이 두
문장의 뉘앙스는 전혀 다르다. 시인은 이런 식으로 누군가
의 간절함이 다른 누군가에게는 유희가 되는 순간의 잔혹
함을 발굴한다.

>   안녕하세요? 저는 권현지입니다. 현지요. 저 현지예요.
>   혹시 기억나세요? 기억하세요?
>   전동드릴로 마구 구멍을 낸 벽이 우리를 바라보고 있
>   습니다
>   과자 집 벽 위로 가만히 귀를 대고 서있는 교수님, 그 뒤
>   로 이가 없는 우리 아빠, 그 뒤엔 불임한 내 검은 개가 물
>   방울을 털어내고 있습니다 그 뒤엔 식탐 많은 말라깽이가

크림빵을 핥고

—「하울링」부분

「헨젤과 그레텔」의 과자로 만든 집의 모티프를 빌리고 있는 이 시를 보면 교수가 아이를 잡아먹으려는 과자 집 주인 할머니와 유사한 층위에 있다는 사실을 확인할 수 있다. 교수는 원작의 이야기에서처럼 아이들을 적극적으로 꾀지는 않는다. 그렇지만 벽에 가만히 귀를 대고 서있는 모습에서 내부의 사정을 알면서도 별다른 행동을 하지 않고 오히려 상황을 즐기는 모습을 보인다는 점에서 더 잔혹하게 보인다. 다른 면에서는 호시탐탐 어떤 기회를 노리는 모습처럼 보이기도 한다.

그건 실수였어
과자 집 위 프레첼을 떼어 먹으며 말한다
검은 달빛 아래
그림자는 중얼거린다
대상과 대상 사이, 대상은 없다

문이 열리고
침대 위로 기어 들어와
내 품에 가만히 안기는 점박이 강아지처럼
베이비는 내 옆에서 새근새근 잠을 잔다
손가락을 빨면서,
나는 베이비의 머리카락을 만지면서 자장가를 불러준다

자장가는 언덕을 이루고, 언덕들의 몽유, 정지된 수레
바퀴들

　　　　　　　　　　　　　—「어덜트 베이비」부분

교수가 원작의 눈이 나쁜 마녀처럼 음험한 존재로 그려
지고 있다면, 과자 집 프레첼을 떼어 먹는 애인은 칭얼대
는 아이와 같이 그려진다. 한 사람은 위협하고 다른 한 사
람은 의존한다. 비록 행동하는 방식은 다르지만 "이가 없는
우리 아빠"를 포함하여 이들은 모두 "나"에게 "어덜트 베이
비"다. 어디에도 "나"를 지키고 보호할 아버지는 없다. 작
품 속 "아빠"는 이가 빠진 채로 아이와 같이 행동하며, 교수
는 오히려 "나"를 은근하게 위협하며, 애인은 정말 어린 아
이처럼 군다는 점에서 미래의 아버지가 될 자격이 없다. 어
디에도 "나"를 북돋고 보호할 아버지는 없다.

3

시집 곳곳에 등장하는 "어덜트 베이비"들의 모습을 보면
마치 시인이 자라지 못하는 어른에 관하여 부정적으로 그
리고 있는 것처럼 보일 수도 있다. 그렇지만 더 자세히 살
펴보면 그렇게만 판단할 수 없다는 사실을 알 수 있다. "나"
를 끊임없이 떠보고 위협하기 때문에 경계의 대상인 "P 선
생님"과는 달리 같은 "어덜트 베이비"인 "아빠"는 오히려 동

정과 연민의 대상이라고 할 수 있다. 더불어 강아지처럼 내
품에 안긴 애인은 보살펴 줘야 할 아들과 같은 대상이다.

> 웬디는 네버랜드의 구름 속으로 다리를 길게 집어넣어요
> 발바닥은 때론 뜨겁거나 차갑게
> 성장할 수 없는 구름의 천장에 닿아있어요
> 입을 벌린 소년 소녀의 죽음이 긴 혀를 내밀어
> 웬디의 발바닥을 느리게 핥아내고 있어요
>
> …(중략)…
>
> 불온한 숲의 전설처럼 그녀의 머리카락은
> 셔벗처럼 뚝뚝, 흘러내려요
> 불안은 허공에만 축축이 젖어있을 뿐
>
> …(중략)…
>
> 웬디는 네버랜드의 숲속으로 몸을 깊숙이 집어넣고
> 조용하게 주문을 걸어요
> **나는 요정을 믿는다, 믿는다**
> 먹장구름에 앉은 웬디의 어깨 위로
> 네버랜드로 가는 비둘기 떼가 검은 피를 뚝뚝 흘려요
> 길목과 길목 사이 피들은 흥건하게 흘러들어요
>
> ──「피터팬」 부분

수많은 "어덜트 베이비"들 사이에서 "나"는 복잡한 감정

을 느낀다. 시 속의 "나"는 은근하고 끈질기게 지켜보는 여러 위협적인 시선들 때문에 불안을 느끼면서도 완전히 멀리 떨어져서 그들을 바라보지 않는다. "나"는 피터팬을 믿지 않는 어른들의 세계에 머물지도 않지만 그렇다고 해서 웬디 콤플렉스에 사로잡혀 그들을 돌보거나 보살펴야 할 대상으로 여기지도 않는다. 웬디는 네버랜드의 흐릿하고 축축한 구름 속에 발을 담그고 자신도 그 세계의 일원이라는 사실을 자각한다.

전부 인용할 수는 없지만 시집의 여러 갈피에는 위협당하는 소녀의 이미지들이 넘친다. "새 떼들은 둥지 밖으로 날아와 긴 부리로 소녀의 피 묻은 가슴을 쪼아요"(「사춘기」)와 같은 부분이나 "어둠을 헤치고 나는 한쪽 가슴을 찾으러 가요"(「프레스」)와 같은 부분을 시집에서 찾은 것은 전혀 어렵지 않다. 이런 소녀들의 모습 반대편에는 "더러운 손은 치워"(「댄스 댄스」)와 같은 구절들이 함께 놓여 있다는 사실도 기억할 필요가 있다.

한마디로 이 시집은 어둡고 불온한 숲을 헤매는 소녀들의 잔혹 생존 동화와도 같다. 그렇지만 이들은 그 잔혹한 현장에서 흐르는 피를 목격하면서도 긴 머리칼을 늘어뜨리고 그들 사이로 들어가기를 주저하지 않는다. 웬디의 조용한 주문은 이런 식으로 아이와 어른의 경계를 조금씩 허문다. 마치 하나의 주문처럼 권현지의 시에는 어른의 관점에서 아이들과 같은 행동을 조소하거나 마냥 아이의 순수를 그리워하는 것에 머물지 않고 아이를 잃은 어른들과 어른을 거부하는 아이들과 그들 사이에서 고통받고 피 흘리는 모든 대상이 함께 어우러지기를 바라는 마음이 깃들어 있다.

마찬가지로 시인이 언어를 구사하는 방식에서도 이러한 시인의 태도가 그대로 드러난다. 여러 동화로부터 모티프를 빌리고 있는 그의 시는 어른들의 잃어버린 꿈을 회복하거나 아이의 순수를 지키려는 것이 아니라 오히려 금기를 부수고 둘 사이의 경계를 허문다. 그러니 이것은 어른을 위한 동화도 아니고 아이에게 현실을 일깨워 주기 위한 동화는 더욱 아니다. '대파-파인애플'과 같이 완전히 다른 대상을 돌연하게 연결하는 시도에서 알 수 있듯이 시인은 어른이 하는 아이의 말 또는 아이가 하는 어른의 말과 같은 시들을 우리 앞에 내놓는다. 마치 주문처럼 펼쳐지는 리듬 속에서 완강한 아버지의 언어와 발랄한 아이의 언어들이 함께 섞인다. 더불어 이와 같은 과정을 지켜보면서 우리는 문학의 위반이 불합리한 체계의 완고한 경계를 뒤흔들고 돌파하는 것이지 단순히 욕망의 자기합리화나 공허한 핑계가 될 수 없다는 사실도 다시 확인할 수 있다.

한없이 길게 늘어지는 머리칼처럼 계속 출렁이며 앞으로 나아가는 시의 리듬이 지금 불안에 떨며 망설이는 당신의 마음을 휘감는다. 당신의 손에는 "말의 홍채 안으로 옹기종기 모여 앉은 금빛 열쇠들"(『월천』)이 들려 있다. 이제 그의 머리칼을 타고 단단하게 둘러싼 탑 바깥으로 나갈 준비가 끝났다.